Fröhliche Ostern

benno

Kleine schönere Freuden

Ach ich weiß nichts besseres, ich weiß keine schönere Freuden als die jener ersten Frühlinge, keine innigere Sehnsucht als die nach dem Aufblühen meiner Blumenknospen, keinen heißeren Durst, als der mich befiel, wenn ich mitten in der schönen blühenden Natur stand, und alles voll üppigem Gedeihen um mich her. Nichts hat freundlicher und mitleidiger mich berührt als die Sonnenstrahlen des jungen Jahr´s, und wenn Du eifersüchtig sein könntest so wär´es nur auf diese Zeit, denn wahrlich ich sehne mich wieder dahin.

Bettina von Arnim

Frische Fahrt

Laue Luft kommt blau geflossen,
Frühling, Frühling soll es sein!
Waldwärts Hörnerklang geschossen,
mutger Augen lichter Schein;
und das Wirren bunt und bunter
wird ein magisch wilder Fluß,
in die schöne Welt hinunter
lockt dich dieses Stromes Gruß.

Joseph von Eichendorff

Das Osterhäslein

Drunten an der Gartenmauer
hab' ich sehn das Häslein lauern.
eins, zwei, drei: legt's ein Ei,
lasst uns niederducken!
Seht ihr's ängstlich um sich gucken?
Ei, da hüpft's und dort schlüpft's
durch die Mauerlucken.
Und nun sucht in allen Ecken,
wo die schönsten Eier stecken,
rot und blau, und grün und grau
und mit Marmorflecken.

Friedrich Güll

Osterglocken

„Hört ihr‘s läuten: Wacht auf! Wacht auf!
Jede Glocke rings im Land?
Lustig schäumt des Baches Lauf,
und der Winter schwand.

Kindlein, stehst du noch so scheu, blass und scheu
nach des kalten Winters Not?
Hei, der Lenz macht alles neu -
bleiche Wänglein rot!

Schwalbe brachte neuen Sang, neuen Sang,
jubelnd übers blaue Meer;
neu geputzt den alten Gang,
stelzt der Storch einher.

Frühling weiß ein neues Spiel, neues Spiel!
Buben, lauft und sucht und neckt!
bunte Eier, ach so viel
sind im Busch versteckt.

Liebes, altes Mütterlein, Mütterlein,
komm auch du ins frische Grün!
alles ist voll Sonnenschein,
und die Veilchen blühn.

Unterm Eise schwarz und tief, schwarz und tief,
war des kleinen Grabes Nacht,
drin das blaue Blümlein schlief,
das nun aufgewacht.

So soll es neu erstehn, neu erstehn,
Wie der Christ vom Grab erstand!
Weiche, warme Lüfte wehn,
Und der Winter schwand.

Frieda Schanz

Das Osterei

Hei juchhei! Kommt herbei!
Suchen wir das Osterei!
Immerfort, hier und dort
und an jedem Ort.
Ist es noch so gut versteckt,
endlich wird es doch entdeckt.
Hier ein Ei, dort ein Ei!
bald sind's zwei oder drei.

Wer nicht blind, der gewinnt
einen schönen Fund geschwind.
Eier blau, rot und grau
kommen bald zur Schau.
Und ich sag's, es bleibt dabei,
gern such' ich ein Osterei:
Zu gering ist kein Ding,
selbst kein Pfifferling.

Hoffmann von Fallersleben

Will dir den Frühling zeigen

Will Dir den Frühling zeigen
der hundert Wunder hat.
Der Frühling ist waldeigen
und kommt nicht in die Stadt.

Nur die weit aus den kalten
Gassen zu Zweien gehn
und sich bei den Händen halten –
dürfen ihn einmal sehn

Rainer Maria Rilke

Im Reich der Blumen

Butterblumengelbe Wiesen,
sauerampferrot getönt, –
o du überreiches Sprießen,
wie das Aug dich nie gewöhnt!
Wohlgesangdurchschwellte Bäume,
wunderblütenschneebereift –
ja, fürwahr, ihr zeigt uns Träume,
wie die Brust sie kaum begreift.

Christian Morgenstern

Ostermorgen

Die Lerche stieg am Ostermorgen
empor ins klarste Luftgebiet
und schmettert‘ hoch im Blau verborgen
ein freudig Auferstehungslied.
Und wie sie schmetterte, da klangen
es tausend Stimmen nach im Feld:
Wach auf, das Alte ist vergangen,
wach auf, du froh verjüngte Welt!

Wacht auf und rauscht durchs Tal, ihr Bronnen,
und lobt den Herrn mit frohem Schall!
Wacht auf im Frühlingsglanz der Sonnen,
ihr grünen Halm‘ und Läuber all!
Ihr Veilchen in den Waldesgründen,
ihr Primeln weiss, ihr Blüten rot,
ihr sollt es alle mit verkünden:
Die Lieb ist stärker als der Tod.

Wacht auf, ihr trägen Menschenherzen,
die ihr im Winterschlafe säumt,
in dumpfen Lüften, dumpfen Schmerzen
ein gottentfremdet Dasein träumt.
Die Kraft des Herrn weht durch die Lande

wie Jugendhauch, o lasst sie ein!
Zerreisst wie Simson eure Bande,
und wie die Adler sollt ihr sein.

Wacht auf, ihr Geister, deren Sehnen
gebrochen an den Gräbern steht,
ihr trüben Augen, die vor Tränen
ihr nicht des Frühlings Blüten seht,
ihr Grübler, die ihr fern verloren
traumwandelnd irrt auf wüster Bahn,
wacht auf! Die Welt ist neugeboren,
hier ist ein Wunder, nehmt es an!

Ihr sollt euch all des Heiles freuen,
das über euch ergossen ward!
Es ist ein inniges Erneuen,
im Bild des Frühlings offenbart.
Was dürr war, grünt im Wehn der Lüfte,
jung wird das Alte fern und nah.
Der Odem Gottes sprengt die Grüfte -
wacht auf ! Der Ostertag ist da.

Emanuel Geibel

Ostern der Kindheit

Wie war der österliche Himmel weit,
der meine Kindheit leichthin überblaute,
wenn ich durch zarte Zweige zu ihm schaute
in ahnungsvoller Gottergebenheit!

Wie war die österliche Luft befreit
vom Frost, der sonst den Atemzug verrauhte,
wie zog sich die vom Gnadenglanz betaute
ins tiefste Herz, lautre Holdseligkeit!

Palmkätzchen trug man still im Arm nach Haus,
und Primeln standen auf dem Fensterbord,
und lang im Zimmer lag der Abendschein ...

Und das ging Jahr um Jahr so für sich fort:
Wie konnte das auch je zu Ende sein?
Lischt denn das ewige Licht der Seele aus?

Richard Schaukal

Es färbte sich die Wiese grün

Es färbte sich die Wiese grün
und um die Hecken sah ich blühn,
tagtäglich sah ich neue Kräuter,
mild war die Luft, der Himmel heiter.
Ich wusste nicht, wie mir geschah,
und wie das wurde, was ich sah.

Und immer dunkler ward der Wald
auch bunter Sänger Aufenthalt,
es drang mir bald auf allen Wegen
ihr Klang in süßen Duft entgegen.
Ich wusste nicht, wie mir geschah,
und wie das wurde, was ich sah.

Es quoll und trieb nun überall
mit Leben, Farben, Duft und Schall,
sie schienen gern sich zu vereinen,
dass alles möchte lieblich scheinen.
Ich wusste nicht, wie mir geschah,
und wie das wurde, was ich sah.

So dacht ich: ist ein Geist erwacht,
der alles so lebendig macht
und der mit tausend schönen Waren
und Blüten sich will offenbaren?
Ich wusste nicht, wie mir geschah,
Und wie das wurde, was ich sah.

Novalis

Um Ostern

Dir ist nicht wohl in deiner alten Haut,
so Schritt vor Schritt,
wenn über dir der frühe Morgen blaut,
den eben jetzt ein Taubenflug durchschnitt?
Du möchtest mit? ...
Wie hoch hinauf, wie lange wird's dich tragen?

Sieh doch den knospenden Weidenbusch am Hang,
wie er sich hebt.
Und sieh das Tal in seinem stillen Drang,
wie junges Grün den Boden überwebt,
an dem es klebt ...
Wer keine Flügel hat, soll Wurzeln schlagen!

Dr. Owlglass

Frühling ist wiedergekommen

Frühling ist wiedergekommen. Die Erde
ist wie ein Kind, das Gedichte weiß;
viele, o viele ... Für die Beschwerde
langen Lernens bekommt sie den Preis.

Streng war ihr Lehrer. Wir mochten das Weiße
an dem Barte des alten Manns.
Nun, wie das Grüne, das Blaue heiße,
dürfen wir fragen: sie kanns, sie kanns!

Erde, die frei hat, du glückliche, spiele
nun mit den Kindern. Wir wollen dich fangen,
fröhliche Erde. Dem Frohsten gelingts.

O, was der Lehrer sie lehrte, das Viele,
und was gedruckt steht in Wurzeln und langen
schwierigen Stämmen: sie singts, sie singts!

Rainer Maria Rilke

Osterspaziergang

Vom Eise befreit sind Strom und Bäche
durch des Frühlings holden, belebenden Blick;
im Tale grünet Hoffnungsglück;
der alte Winter, in seiner Schwäche,
zog sich in raue Berge zurück.
Von dort her sendet er, fliehend, nur
ohnmächtige Schauer körnigen Eises
in Streifen über die grünende Flur;
aber die Sonne duldet kein Weißes,
überall regt sich Bildung und Streben,
alles will sie mit Farben beleben;
doch an Blumen fehlt's im Revier,
sie nimmt geputzte Menschen dafür.
kehre dich um, von diesen Höhen
nach der Stadt zurückzusehen.
Aus dem hohlen, finstern Tor
dringt ein buntes Gewimmel hervor.
jeder sonnt sich heute so gern.
sie feiern die Auferstehung des Herrn,
denn sie sind selber auferstanden,

aus niedriger Häuser dumpfen Gemächern,
aus Handwerks- und Gewerbesbanden,
aus dem Druck von Giebeln und Dächern,
aus der Straßen quetschender Enge,
aus der Kirchen ehrwürdiger Nacht
sind sie alle ans Licht gebracht.
Sieh nur, sieh, wie behänd sich die Menge
durch die Gärten und Felder zerschlägt,
wie der Fluss in Breit' und Länge
so manchen lustigen Nachen bewegt,
und, bis zum Sinken überladen,
entfernt sich dieser letzte Kahn.
Selbst von des Berges fernen Pfaden
blinken uns farbige Kleider an.
Ich höre schon des Dorfs Getümmel,
hier ist des Volkes wahrer Himmel,
zufrieden jauchzet Groß und Klein:
Hier bin ich Mensch, hier darf ich's sein!

Johann Wolfgang von Goethe

Osterei und Osterhas

Osterhas, Osterhas,
leg uns recht viel Eier ins Gras,
trag sie in die Hecken,
tu sie gut verstecken;

leg uns lauter rechte,
leg uns keine schlechte,
lauter bunte unten und oben,
dann wollen wir dich
bis Pfingsten loben.

Victor Blüthgen

Osterhas

Sprang der Osterhas
durch die grünende Welt;
Kinder und Verliebte
suchten im sonnigen Feld.

Welch ein schönes Nest
hat mein Liebchen entdeckt!
Unterm Veilchenbusch
fein war es versteckt.

Viele schöne Eier
lagen glänzend drin,
und mein jubelndes Liebchen
kauerte neben es hin.

„Eier rosenrot!
Eier himmelblau!
Keins von ihnen schwarz!
Keins von ihnen grau!"

Die rosenroten
waren voller Küsse,
Die himmelblauen
waren volle Lieder –
und Dämmerung ward es,
eh wir nach Haus kamen.

Wilhelm Raabe

Bildnachweis
Cover, S. 5, 10, 23, 27unten, 29: © imageBROKER/bilwissedition/mauritius-images.com; Cover, S. 10/11, 14/15, 22: Hintergrund (H) © CuteDesigns/Shutterstock; S. 3,12: © kostins/Shutterstock; S. 4: © Gilles Paire/Alamy/mauritius-images.com; S. 6: © Almira Amalfi/Shutterstock, S. 6, 13, 31: H © Attitude/Shutterstock; S. 7, 9, 13, 16, 17, 20, 24/25, 31: © Victorian Traditions/Shutterstock; S. 7, 9, 16/17, 19, 21, 28/29: H © Olga Altunina/Shutterstock; S. 8, 11: © mis-Tery/Shutterstock; S. 14: © Sergey Goryachev/Shutterstock; S. 15: © MyStocks/Shutterstock; S. 21: © Marya Kutuzova/Shutterstock; S. 19: © Pictures Now/Alamy/mauritius-images.com; S. 26/27: © Niday Picture Library/Alamy/mauritius-images.com; S. 28: © Archivist/Fotolia; Rahmen: © Stock_Design/Shutterstock; Paginierung: © Khabarushka/Shutterstock.

Bibliografische Information der Deutschen Nationalbibliothek
Die Deutsche Nationalbibliothek verzeichnet diese Publikation in der Deutschen Nationalbibliografie; detaillierte bibliografische Daten sind im Internet unter http://dnb.d-nb.de abrufbar.

Besuchen Sie uns im Internet:
www.st-benno.de

Gern informieren wir Sie unverbindlich und aktuell auch in unserem Newsletter zum Verlagsprogramm, zu Neuerscheinungen und Aktionen. Einfach anmelden unter www.st-benno.de

ISBN 978-3-7462-5398-5

Zusammenstellung: Claudia Michels, Leipzig
Umschlaggestaltung: Ulrike Vetter, Leipzig
Gesamtherstellung: Kontext, Lemsel (A)